Enragés

Yves Ferriol

Enragés

Drame en un acte

© 2023 Yves FERRIOL

Édition : BoD – Books on Demand, info@bod.fr
Impression : BoD – Books on Demand, In de Tarpen 42,
Norderstedt (Allemagne)

Impression à la demande

ISBN : 978-2-3220-9629-9
Dépôt légal : Février 2023

Pour Indy, le meilleur chien, le meilleur Homme !

Personnages

Jean, dit Molière,

Alceste, chien de Molière,

Cyprien Ragueneau, comédien,

Irina, servante,

Charles dit La Grange, comédien,

Armande, épouse de Jean,

Madeleine, mère d'Armande.

Nous sommes à Paris le 22 septembre 1765, après l'interdiction de Tartuffe et le succès de Dom Juan, Molière écrit L'Amour médecin. Son fils Louis est mort un an plus tôt et sa fille Esprit-Madeleine vient juste de naître. Nous sommes à une heure de la représentation au théâtre du Palais-Royal, Molière est enfermé dans sa loge avec son chien nommé Alceste.

ACTE UN

Scène première

JEAN, ALCESTE

JEAN. — Avant, c'était mieux ! (*Silence*)

VOIX OFF. — Une heure … avant le début de la représentation.

JEAN. — Tous ! Ils ont tous changé ! Ils ne se cachent même plus en coulisse pour s'en réjouir. Les dégonflés, les flasques, les désossés, les tremblants, les mous du bocal, bang, ils se raidissent d'un coup ! Tu m'étonnes ! Des spectateurs posés, une parole mesurée, fini. Hier soir le public était médiocre, quelques bavardages au fond de la salle, des applaudissements bien scandés, ni trop peu ni pas assez. Les faux-semblants, l'hypocrisie. C'est tout ce qui leur fallait. Mais pas moi ! Ah non, pas moi ! Moi j'y ai jamais trouvé mon compte ; les spectateurs modèles, ça ne m'a jamais intéressé ; j'aime bien quand ça bouge au théâtre, quand ça conteste, quand ça se bat, ça crie, ça réfléchit ; la vie, c'est chaotique ou ce n'est pas ! (*Silence*) Louis me manque. (*Silence*) Esprit-Madeleine est magnifique bien sûr, toujours collée au sein de sa mère, belle comme le jour, belle comme sa mère, comme sa grand-mère, mais ce ne sera plus jamais pareil. Je ne sais pas comment ils font les autres pour ne pas s'attacher. S'ils ont des techniques, j'aimerais bien aussi les connaître. Armande n'a pas l'air si triste, elle sourit tout le temps lorsqu'elle la berce, je l'entends parfois rire même. Et moi, j'ai envie de crier. (*Silence*) Louis me manque tellement.

ALCESTE. — Moi, on m'a arraché à mes parents et mes dix frères et sœurs, j'avais tout juste deux mois. Je ne m'en souviens pas mais je suppose que je dois être traumatisé. Mes parents aussi. Mes frères et sœurs aussi. Est-ce qu'on peut vraiment être traumatisé si on s'en souvient pas ? À quoi ça sert de ne pas se souvenir si c'est pour être traumatisé quand même ?

JEAN. — Je continue à vivre pourtant, comme avant, ou presque, je parle de moins en moins, je m'implique de moins en moins avec les autres. Je me méfie. De quoi ? Je ne sais pas. Je suis rentré courbaturé, j'avais plus de voix. J'avoue que j'ai de plus en plus de mal à trouver la ferveur nécessaire dans mon jeu pour aller chercher des spectateurs en pleine digestion et qui se foutent royalement de ce qu'on leur met sous les yeux : ventre repus n'a plus d'oreille … être vu plutôt que de voir … saloperie oui ! Ai-je été moins bon que d'habitude ? Peut-être. C'est sûr même. Mon costume d'auteur comique me lasse. Je rêve parfois d'avoir le courage d'être ce dramaturge qui égratigne plus, qui bouscule plus, qui maltraite plus, qu'on déteste dès la première réplique, cet auteur dont les sifflets du public se plaignent ; mais cet auteur qu'une fois à la fin de la pièce, on respecte parce qu'il a osé respecter ses spectateurs en les maltraitant un peu. Ma cervelle essaie encore de s'activer, mais à quoi bon ! Tout le monde méprise la pensée libre. Et c'est ça qui me rend fou, ça et l'impossibilité de prévoir. Cette impression qui ne me lâche pas que mon avenir se borne à quelques jours, comme la vie d'un de ces maudits papillons éphémères. Et cette satanée cervelle qui n'en finit pas de penser et de repenser, d'essayer de trouver une logique, vite, en urgence, pour aller mieux, pour comprendre. (*Regardant Alceste avec insistance*) Tu t'en fous, toi ! Ce qui t'intéresse, toi, c'est la promenade, te droguer aux fragrances d'urine, renifler les culs des potes, courir après les canards. Et ça, même si à chaque fois ils font exprès de s'envoler au dernier moment, ... juste l'espoir !

ALCESTE. — On n'imagine pas à quel point c'est pervers un canard. (*Silence*)

JEAN. — Pour l'instant l'urgence c'est de sortir de cette loge qui devient une prison, de plus en plus acceptable, bientôt presque agréable. Urgent de se souvenir comment c'est dehors.

ALCESTE. — Parfois j'ai du mal à sentir ; cette laisse, c'est comme une sorte d'anesthésique, c'est comme si je la portais aussi à l'intérieur. Mais dès qu'il me l'enlève, je réalise. Je réalise à quel point elle me compresse, elle m'oppresse : je respire, intérieur, je respire, extérieur, inspirer, expirer. Ça fait un bien fou de respirer. Qui l'eût cru ? Je suis heureux. Je respire. Je suis un chien. J'expire … (*En hésitant*)…Shakespeare !

ALCESTE. — Quand il rentre le soir, je vois bien qu'il a hâte, qu'il a besoin de moi et de mes besoins primordiaux. Ça lui fait du bien. Pas d'hypocrisie avec moi. Tout est clair, tout est essentiel. Le refrain de la vie : comme d'habitude, j'entends ses pas crisser sur le gravier rose, comme d'habitude ma truffe embrume la fenêtre du balcon, comme d'habitude je lui fais la fête, comme d'habitude il va aller me promener, comme d'habitude …

JEAN. — À chaque fois, quand on arrive au bord de la rivière, je le détache, je le regarde courir, il est magnifique, sa vitesse, son allonge, ses sauts de cabri, sa détente, ses petits aboiements d'excitation, presque des gémissements de bonheur, tant d'insouciance, de joie, c'est une véritable provocation au monde qui se terre un peu plus chaque jour, un doigt magnifique levé contre la bêtise humaine.

ALCESTE. — La fin de semaine est là, et avec, ses regrets de semaine passée trop vite, il n'a trouvé aucun temps pour lui, et à chaque fois un peu moins qu'avant. Le travail est devenu le centre de son existence, c'est de plus en plus une évidence. Sa vie se résume à un petit cadre en plâtre doré qu'il applique autour de sa vie absurde, pour faire illusion. Mais quand le cadre se fissurera et tombera, sa misérable croûte lui sautera à la gueule.

JEAN. — Avec ton regard, on dirait que tu prends toujours tout avec gravité. Jamais un sourire. Toujours ce regard insistant à quémander quelque chose. J'aurai dû adopter un dauphin ; au moins, ça sourit tout le temps. (*Souriant*) C'est important de rire. Il faut rire. Rire et jouir.

ALCESTE. — C'est important, aussi, de faire la gueule. Il faut faire la gueule. Faire la gueule et faire l'amour aussi.

JEAN. — Au fond, on est toujours d'accord tous les deux, d'accord sur le fond. J'aime bien parler avec toi, ça me fait du bien, tu me détends, tu me délasses, je pourrais faire ça pendant des heures ; même si dans ton regard y a toujours comme un reproche… des fois tu me fais penser à Armande… (*Silence*) (*Criant*) J'y suis pour rien moi si il est mort ! Je ne porterai pas la souffrance des autres. Je ne supporte plus leurs rires tous les soirs …

ALCESTE. — Après, son chagrin il est trop laid, il ne peut aider personne. Molière, c'est le nom de l'artiste, pas de l'homme.

Scène II

JEAN, ALCESTE, RAGUENEAU

RAGUENEAU, *frappant à la porte*. — Jean ? T'es là ? (*Silence*) C'est Ragueneau ! (*Silence*) Jean ? (*À part*) Armande m'a pourtant bien dit qu'il était dans sa loge.

ALCESTE. — Là, il cherche une bonne excuse … Voir un ami, c'est ça qui lui ferait du bien. Se voir, se sentir, s'entendre, se coudoyer, voilà l'essentiel. Comme une meute de chien de chasse dans un chenil, tous avachis les uns sur les autres. C'est ça le bonheur, la paresse partagée.

JEAN. — Est-ce que ça me fera du bien de parler ? Même pas sûr. Moins je parle et plus je remarque que les conversations m'endorment de plus en plus : superficielles, superflues, superfétatoire … herpès d'une société malade de parler pour ne rien dire. Tiraillé entre faire peur ou faire rire, je ne sais pas si j'ai bien choisi mon camp.

RAGUENEAU, *frappant encore*. — Jean ? Tu es là ? Je t'ai fait des macarons, tes préférés, ceux aux amandes …

JEAN, *tout bas*. — Désolé Cyprien, mais je ne peux pas … j'ai …

ALCESTE. — Attention, moment de lucidité ! (*Un temps*) Rien. Il n'a rien trouvé, sa meilleure excuse c'est de ne pas avoir entendu. Cyprien ne rentrera pas et il n'aura pas besoin de faire semblant. Trop difficile pour lui. Dans ces cas-là, il est extérieur à son corps et il s'entend inoculer diverses inepties dans des banalités sans fond. C'est qu'il l'aime, son pote. Il aimerait tant pouvoir lui montrer qu'il est important à ses yeux avec des mots. Des mots qui remettraient le monde et son hypocrisie à sa place. Mais il n'y arrive pas. Il n'a plus les mots.

RAGUENEAU. — Bon, ben, si t'es pas là, je vais les manger mes macarons, faut les manger tant qu'ils sont tièdes (*Faisant semblant*). Qui veut mes macarons ? À peine sortis du four ? Hum, délicieux, fantastiques, cuisson impeccable, tenue parfaite, juste croustillants dessus, moelleux à l'intérieur, et l'amande, grillée à point … une vraie tuerie !

ALCESTE. — T'es sûr que tu veux pas lui ouvrir, il commence à me donner envie ton Ragueneau avec ses macarons. Moi, je sens que ça m'aiderait bien. Une thérapie par le sucre, eu égard à mon traumatisme de naissance, dont tout le monde se fout.

JEAN. — Qu'il s'en aille, j'en veux pas de ses macarons, des macarons pour quoi faire ? Ce sont pas des macarons qui vont me faire oublier cette chienne de vie.

ALCESTE. — Oh, doucement, on avait dit pas les noms d'oiseaux !

JEAN, *à Alceste*. — T'es moins fier et plus démonstratif que moi, tu lui aurais sauté dessus, fait la fête, tu l'aurais léché, mordillé...

ALCESTE. — C'est sûr et j'en aurais profité pour dévorer ses macarons !

RAGUENEAU. — Je vais tout finir, tu es bien sûr que tu veux pas ouvrir ... ?

ALCESTE. — Dépêche-toi de lui ouvrir, il va tout manger. Il vient de te le dire.

JEAN. — Je n'en ai plus la force. On ne se rend pas compte de la dose de courage que réclame chaque journée supplémentaire à devoir faire semblant. Du courage qu'il faut pour affronter les autres, intégrer leurs conversations usées par les habitudes, s'esclaffer à leurs plaisanteries éculées, garder le silence par politesse plutôt que de crier à l'aberration ! Pour quoi ? Juste pour faire partie du règne des humains ?

ALCESTE. — Ah, cet entêtement à refuser d'être heureux simplement parce qu'on croit devoir être malheureux ! Cette fierté maladive de l'homme qui le pousse inévitablement vers le désespoir. C'est dommage. Ça aurait pu être sympa, ça t'aurait fait du bien, forcément. Vous auriez discuté entre amis, de tout, de rien, vous vous seriez observés un peu. Ragueneau aurait eu l'air d'aller bien ; toi, tu aurais montré que tu n'allais pas si mal, à défaut d'aller mieux. Et puis vos sourires de pantin vous auraient épuisés. Plus d'énergie. Silence. Légère gêne. Il s'en va. Enfin. Puis tu restes seul, avec mon regard. Avec mon regard que tu lirais comme un reproche, celui de n'avoir pas su le retenir.

RAGUENEAU. — Dernière sommation, je gobe le macaron ! Ni une, ni deux, l'ultime est dans mon bidon ! (*À part*) Je suis pa-thé-tique, je sais même pas si y a quelqu'un derrière la porte et je parle, je parle ... je fais des alexandrins, et je mange, je mange et je fais des alexandrins ...

VOIX OFF. — Cinquante minutes avant l'entrée en scène !

RAGUENEAU. — Sacrebleu, ça va bientôt commencer, il faut que je me sauve en vitesse. Jean, si t'es là, on t'attend, ils t'attendent. (*Un temps*) Tu le sais bien qu'ils t'attendent.

JEAN. — Sauvé aussi. (*Silence*) Et pourquoi irais-je jouer ? Que peuvent bien m'apporter leurs pauvres applaudissements et leurs rires forcés ? Pourquoi personne ne veut comprendre que pour pouvoir écrire quelques mots il faut s'arracher des larmes ? Des larmes que la pudeur refuse. Des larmes pour des rires, mes larmes pour leurs rires ; quel commerce inégal ! Je n'en veux plus. Je veux la paix, je ne veux plus exciter mes douleurs pour leur faire oublier les leurs. Qu'est-ce que je leur dois au juste ? Rien. Car après tout, qu'est-ce qu'un artiste ? Un marchand d'oubli qui vend ses billets au plus grand nombre ? Une fille légère qui se trémousse sur les trottoirs de la misère humaine ? Je ne veux plus faire partie de cette mascarade. Je jette mon masque, ils ne m'auront pas.

ALCESTE. — Ah, tu ne l'as pas encore digérée ta tartufferie ! Personne ne l'a vraiment comprise, d'ailleurs. Peut-être pas même toi encore. Peut-être finiras-tu par comprendre. Dans quatre cents, ans on se demandera encore ce que tu voulais dire. Ou pire encore on ne se le demandera plus, on pensera l'avoir compris, et on ne se posera plus de questions. Comme dans ces poulaillers humains où dès le plus jeune âge ils ânonnent tous les mêmes refrains. Et ils disent que ce sont nous les bêtes ?

JEAN, *toujours dans ses idées*. — Non, pas moi.

ALCESTE. — Non, pas toi. Toi, tu sais qui je suis car tu as refusé d'avoir la prétention de me comprendre.

JEAN, *de plus en plus bas*. — Non, ils ne m'auront pas. Je ne veux plus les entendre rire, ils ne comprennent pas.

ALCESTE, *s'approche pour se faire caresser*. — Ne les écoute plus, n'y pense plus, recentre-toi sur ton cœur, les battements de ton cœur, ceux de mon cœur. Respire doucement. Inspirer, expirer, inspirer, expirer … Ça va mieux ?

JEAN. — (*Un temps*) Ça va mieux… un peu. Si on peut dire que ça va mieux lorsque c'est juste un peu !

Scène III

JEAN, ALCESTE, IRINA

IRINA, *frappant*. — Monsieur, si vous avez besoin de quelque chose dites-le moi maintenant, je dois partir plus tôt aujourd'hui, vous savez bien.

JEAN, *à part*. — Ah , cette servante ! Pourquoi faut-il qu'elle me fasse autant d'effet ? C'est pas qu'elle est jolie, plutôt laide quand on la regarde même, mais elle a ce don de prendre de ces postures avec ses jambes, ses hanches, et puis elle mâche ce parler un rien gouaillé, conjugué avec ce léger défaut de prononciation de langue : rien pour plaire, tout pour exciter ! Un regard froid et autoritaire mais dans lequel le diable nous tire par la queue et on a envie d'y plonger toute une nuit, comme lorsque enfant, une force inconnue nous poussait à chevaucher les flaques de boue. Cette façon irrésistiblement sordide d'aguicher tout en insultant.

IRINA. — Alors monsieur ?

JEAN. — C'est bon, Irina, vous pouvez y aller ; je n'aurai plus besoin de vous. *(À part)* Ne pas y penser, elle sent trop le remord matinal. Je n'en veux plus, j'en veux plus.

IRINA. — Bonne soirée monsieur. *(À part)* Quel crâneur, celui-là !

JEAN, *fort*. — Racoleuse ! (*Un temps*) Allez, on ne va pas laisser le jour le plus déprimant de l'année avoir raison de nous.

ALCESTE. — Et dire que c'était un mari aimant. Difficile à croire. Pourtant il a fait ce qu'il fallait. Comme les autres, mieux que les autres peut-être même. Il n'a pas rechigné à la peine, ça a commencé tôt, par les concessions : sur les rideaux, la finesse de la moustache, les amis, certaines positions intimes même, puis ça a été les abandons : la viande rouge, les épices, les improvisations nocturnes à la flûte à bec ; et enfin se sont immiscées, insidieusement de nouvelles curiosités : les asperges et le topinambour, les saignées et les lavements, la défense des femmes, mais … toujours, toujours ces petites vexations publiques. Le pire, c'est que sur le moment il n'y trouvait rien d'anormal, pire même il le revendiquait aux autres. Et puis évidemment, le couple s'est cassé la gueule. Enfin surtout lui. Il a pas eu le choix, une sacré vaine, son cerveau ou son cœur, n'ont pas pu aller jusqu'au bout, il n'a pas pu se résigner totalement, il y avait encore un gène de lutte en lui. Et c'est là que Louis est mort, au moment où il allait reprendre le contrôle de sa vie ... il ne s'en remettra jamais, jamais, on ne peut pas, jamais.

Jean. — C'est marrant, je n'ai jamais eu le courage de le castrer. Ou plutôt j'ai jamais voulu. Pourtant ils étaient là les courtisans de la castration. C'est à peine croyable d'ailleurs, vous avez à peine un chien, tout mignon, adorable, que tout le monde vous dit comment faire pour le nourrir, le dresser, passer la première nuit, gnagnagna gnagnagna ... Je les ai tous écoutés, j'ai rassemblé les injonctions relatives qui revenaient le plus souvent, j'en ai fait des lois qu'il fallait respecter à la lettre et puis ... j'ai tout lâché au fur et à mesure ... la nourriture, les ordres, les tours imbéciles, enfin j'ai gardé le lit, mon lit, dernier bastion avant la décadence ! Faut pas abuser non plus.

Alceste. — Des fois, le soir, il me regarde avec envie, je le vois bien, il a son œil qui brille. Le soir, lorsqu'il n'y a presque plus personne, il me détache. Une fois par jour, une heure par jour. Je me retourne un instant et je vois qu'il est heureux de me voir courir, sauter, rater ces putains de canards. Je vous ai déjà dit que c'était fourbe un canard ? (*Silence*) Mais pourquoi il court jamais lui ? On dirait qu'il m'observe comme une race en voie de disparition. C'est pourtant pas compliqué de courir...

IRINA. — Ah, j'oubliais, monsieur, il y a une lettre pour vous.

JEAN. — Encore une ?

IRINA. — Ben oui, une lettre.

JEAN. — Une lettre pour qui ?

IRINA. — Ben, pour vous, pour qui d'autre ? Si je vous l'apporte, c'est qu'elle est pour vous, pour monsieur Poquelin.

JEAN. — Mais de qui ?

IRINA, *agacée*. — Je n'en sais rien, j'ouvre pas vos lettres, moi.

JEAN. — Glissez la sous la porte. C'est bon, vous pouvez y aller.

IRINA, *en soufflant*. — Merci monsieur. Comme monsieur voudra (*À part*) Bla bla bla …

JEAN, *prenant la lettre*. — Encore un fâcheux, encore un service à demander, une attaque bien piquante (Il ouvre la lettre)

Eh oui ! (*À Alceste*) Je lis :

« Molière, ton Tartuffe est un immondice … »

Déjà lu.

« …Comment peux-tu avoir l'arrogance de traîner dans la fange les gardiens de nos âmes ? … »

Oh, jolie tentative mais un peu désespérée de paraître un brin lettré, c'est encore un peu trop mielleux jeune homme.

« … Si j'ose t'écrire … »

C'est que je n'ose te dire les mots en face. (*Il sourit*) La lettre a certaines vertus pour les timides et je m'en remets à elle pour te dire le fond de ma pensée.

« … c'est pour que tu entendes au travers de mes mots les foudres du ciel qui vont bientôt se déchaîner sur toi … »

Ah, encore des prévisions météorologiques ! (*À Alceste*) On va peut-être repousser notre promenade.

« … tes sacrilèges ne resteront pas impunis, ta débauche affichée dans tous ces lieux abjects, tes pensées méphitiques que vomissent tes pièces … »

Mais c'est qu'il m'en veut vraiment le bougre !

« … Ah, Molière, si tu savais comme moi l'enfer qui t'attend, tu tremblerais d'effroi et déjà tu te repentirais à genoux auprès de ceux que tu préfères calomnier … »

Mais va-t-il finir ?

« … Molière, lierre malin qui serpente sournoisement entre les pierres les plus franches et élégantes de nos églises dans le dessein de les faire s'écrouler … »

J'avoue qu'il a un peu d'esprit là.

« … Molière, hier malade, mort demain … »

Bon, là il me lasse (*il jette la lettre à un coin de la pièce, et réprime une toux*).

Long silence.

ALCESTE. — Shakespeare.

VOIX OFF. — Quarante minutes avant l'entrée en scène !

Scène IV

JEAN, ALCESTE, ARMANDE

ARMANDE, *frappant à la porte*. — Jean, tu es là ? C'est Armande. Ouvre, s'il te plaît. J'aimerais te parler.

JEAN. — J'avais dit que je voulais un jour en paix, un seul, tranquille. C'est pas la mer à boire quand même ? Un jour seul, un seul jour, un jour tout seul, tout un jour. Vous pouvez pas me foutre la paix, tous !

ARMANDE. — Je sais, Jean, pour moi aussi c'est dur. Il n'y a pas que pour toi.

JEAN. — Je t'avouerais que je m'en moque, là, tout de suite, je ne peux plus, je ne veux plus, penser aux autres. Je veux être seul, seul, moi et ma solitude.

ARMANDE. — Et ton chien.

ALCESTE. — Son chien ?

JEAN. — Mon chien ?

ARMANDE. — Ton chien, Alceste.

JEAN. — Alceste n'est pas mon chien !

ARMANDE. — Il est à qui alors ?

JEAN. — Pas à moi.

ARMANDE. — À qui alors ?

ALCESTE. — Ben, à personne.

JEAN. — Pourquoi faudrait-il qu'il appartienne à quelqu'un ?

ALCESTE. — Merci.

JEAN. — Tu appartiens à quelqu'un, toi ?

ARMANDE. — Ah, pourquoi tout est toujours si compliqué avec toi ? On ne peut rien dire, tu n'es jamais d'accord sur rien.

JEAN. — Est-ce ma faute à moi si c'est le monde qui se trompe sans arrêt ? Ce serait à moi de me remettre en cause - ce que je fais, soit dit en parlant, déjà bien assez souvent - , alors que le monde se ment, qu'il fait semblant de rien, si bien, préfère ne pas savoir, avec tous ses artifices, préfère continuer sa course bien tranquillement sans trop réfléchir, sans ne rien remettre en cause, surtout. Car ce sont tous des imbéciles, tu le sais bien ; cela, tu ne peux le nier, quelles que soient leurs fonctions, de haut en bas …tous, toutes, les Hommes.

ARMANDE. — Ça y est, tu es reparti …

ALCESTE. — Moi, je suis d'accord. La plupart sont très cons. En tout cas, c'est ce que j'ai pu observer, et j'ai souvent que cela à faire. Ça et les canards … J'avoue, je m'avance sans doute un peu vite, c'est pas parce que je ne comprends pas leurs réactions que ça fait d'eux forcément des imbéciles. D'ailleurs si on y réfléchit bien, le fait de ne pas comprendre les hommes, logiquement, ça ferait plutôt de moi la bête.

JEAN. — Mais que veux-tu réellement ? Tu vois bien que je suis épuisé, que j'ai besoin de solitude avant de pouvoir retourner avec vous autres.

ARMANDE. — Tu sais, il n'a pas que toi qui souffres.

ALCESTE. — Oh saperlotte la puterelle ! Par exemple, là c'est méchant, culpabilisant et égoïste.

ARMANDE. — J'ai l'air d'aller bien comme ça, on peut croire que je suis heureuse. Mais dès que je pense à Louis, quand je pense à son petit rire, j'ai envie de pleurer jusqu'à en mourir, mais j'ai pas le droit, je n'ai plus le droit. Esprit-Madeleine est là et elle n'a rien demandé. Elle a le droit d'être heureuse et aimée. On a perdu un fils mais elle a besoin d'un père.

ALCESTE. — Ah, la pétoule , elle ne comprend vraiment rien à rien.

JEAN. — C'était trop tôt, je ne suis pas prêt, je n'étais pas prêt. (*À part*) Et je ne supporte pas ce nom.

ARMANDE. — Si tu te rappelles bien, ce n'était pas vraiment ce qu'on peut appeler une décision mûrement réfléchie. Tu avais trop bu, avec ton Ragueneau. Vous vous étiez enivrés jusqu'à la pointe du jour à *L'Auberge du Chien qui fume* ...

ALCESTE. — Eh ben, tiens, pourquoi pas, quand je vous dis que parfois ils abusent quand même !

ARMANDE. — ... tu n'arrivais plus à marcher et à t'arrêter de pleurer non plus, je te serrai fort dans mes bras, tu me serrais aussi, et puis ...

JEAN. — Ce n'est pas la peine de me le rappeler, je me souviens.

ARMANDE. — Laisse-moi entrer, s'il te plaît, il faut qu'on se voie pour parler, pour que tu te souviennes que je t'aime.

JEAN. — Est-ce que tu m'écoutes au moins ? Non ! Là, maintenant, je ne veux pas être aimé, je veux être seul, encore une fois. Seulement seul. Il faut que je le dise comment ? C'est dingue cela, on ne peut pas, jamais, être seul. Il faut toujours quelqu'un qui vienne pour dire : t'es tout seul ? ça va pas ? tu veux qu'on parle ? Mais lâchez-moi ! Le monde me fatigue ; être seul, ça me repose, ça me fait du bien, ça me détend de la connerie humaine.

ARMANDE. — Pourquoi me parles-tu comme cela ? Qu'est-ce que je t'ai fait pour que tu me détestes ainsi ?

JEAN. — Tu me fais devenir dingue. C'est pas possible. C'est un complot ? Je ne veux pas être seul parce que je ne vais pas bien, je veux être seul pour aller mieux, c'est quand même pas compliqué à comprendre ? Je suis pas seul au monde à être comme ça, non ?

ARMANDE, *sortant*. — Je vais te laisser seul alors, parce que je t'aime et parce que tu me le demandes. Mais j'aimerai bien que plus tard, quand tu iras mieux, et que tu te sentiras prêt, on puisse en reparler.

ALCESTE, *à Jean*. — Elle est pas un peu chiante au quotidien, non ?

JEAN. — Oui, Armande, bonne nuit et à demain. (*À part*) C'est pas trop tôt, j'ai cru que j'allais enrager. Cette manie qu'ont les femmes de vouloir toujours tout disséquer : chaque mot, chaque phrase, chaque geste, toutes les intonations, les postures, les silences, les absences, absolument tout !

ALCESTE. — Pas que les femmes, j'en connais d'autres qui font pareil avec moi, toujours à tenter de deviner dans mon regard toutes les émotions du monde des humains.

JEAN, *regardant Alceste*. — Ah, toi, tu ne peux pas comprendre, tu es si loin de tout cela. Une chienne pour toi, c'est juste une odeur, une envie, un moment de plaisir et c'est tout. Pour nous, ce sont des heures d'observation, de conversation, de reproche, de réquisitoire, de chirurgie de l'âme.

ALCESTE. — Qu'est-ce que je disais, il ne peut pas s'empêcher, c'est plus fort que lui, il faut qu'il me mêle à tout. Mais qu'est-ce qu'il en sait vraiment de ce que pensent les chiens et les chiennes.

VOIX OFF. — Trente minutes avant l'entrée en scène !

Scène V

JEAN, ALCESTE, CHARLES

CHARLES, *frappant à la porte*. — Jean, c'est Charles, il y a un certain Philippe d'Angoumois qui voudrait te parler.

JEAN. — Pas envie.

CHARLES. — Pas envie ?

JEAN. — Pas envie.

CHARLES. — Pas envie. (*Pensif*) Mais je fais quoi ?

JEAN. — Ben, tu lui dis que je n'ai pas envie de le voir.

CHARLES. — Pas envie …

JEAN. — Ben oui, pas envie de le voir, c'est si compliqué ?

CHARLES. — Je ne sais pas. C'est un capucin quand même. J'ai pas envie de me faire donner la leçon par monsieur la morale.

JEAN. — Alors pas envie non plus ?

CHARLES. — Ben non, pas envie non plus.

Ils s'assoient tous les deux dos à la porte, Alceste aux pieds de Jean.

JEAN. — Alors tu fais quoi ? Tu n'y vas pas ?

CHARLES. — Non.

Ils rient tous les deux.

JEAN. — Tant pis pour ce dévot, il ne m'accablera pas de sa haine ce soir.

CHARLES. — Et tant mieux pour nous.

JEAN. — Oui. Il restera enfin tout seul avec sa morale. Lui et sa morale, l'un bien en face de l'autre, sans possibilité de lui échapper. J'espère que ça lui fera un peu de bien, que ça lui débroussaillera l'esprit. Ces orphelins du monde, ignorés, rejetés, réprouvés depuis l'enfance, il leur faut une vengeance. Ils ont trouvé Dieu. Dieu est avec eux. Que pouvons-nous faire ?

CHARLES. — Le plaisir est avec nous.

ALCESTE. — Amen.

CHARLES. — Mais dis-moi, Jean, que fais-tu dans ta loge ? Ça intrigue tout le monde, tu sais.

Quelques-uns commencent déjà d'être bien angoissés... Les spectateurs se bousculent à l'entrée ...

JEAN. — J'attends.

CHARLES. — Tu attends quoi ?

JEAN. — Je ne sais pas. (*Il sourit*) J'attends d'aller mieux, j'attends de trouver du sens.

CHARLES. — Ah, du sens ? Je te souhaite bien du courage. Il y en a qui se sont épuisés pour moins que ça. Je vais dire aux autres que tu arrives d'ici dix minutes. Hein, Jean ? Allez, à tout de suite. (*Il s'en va.*)

JEAN. — Peut-être. Je ne sais pas encore.

ALCESTE. — Il veut savoir s'il a droit au bonheur. S'il est légitime.

Alceste se lève et fixe Jean.

JEAN. — Qu'est-ce que tu veux, mon Alceste ? Tu as faim ? (*Silence*) Tu veux faire une promenade ?

ALCESTE, *s'énervant.* — Quoi ? Manger, trottiner pour faire sa crotte, c'est là où tu me relègues maintenant ? C'est drôle ça, dès qu'on est seulement tous les deux, tu me fais tes confidences, tu me parles d'égal à égal, on philosophe, on refait le monde, tu me considères comme un alter ego, un jumeau presque. Mais il suffit qu'un putain d'être humain arrive et là le charme s'évapore, je redeviens un chien. Un putain de chien ! Mais qu'est-ce que je suis vraiment ?

VOIX OFF. — Vingt minutes avant l'entrée en scène !

Scène VI

JEAN, ALCESTE, MADELEINE

JEAN, *un livre à la main*. — Cette mémoire, quel gruyère ! Et quelle honte ! Je veux à peine raconter le moindre souvenir que je ne peux pas m'empêcher d'en rajouter, d'en faire des tonnes. La vérité, c'est que ma vie est comme ce livre. Je ne m'en souviens plus exactement mais qu'est-ce que je suis capable d'en parler pourtant ! Je raconte souvent, toujours, les mêmes épisodes cocasses. Toujours aux mêmes occasions. D'ailleurs je ne sais pas qui ça agace le plus : les autres pour m'entendre radoter, ou moi qui ne supporte pas de m'entendre radoter. Ma vie n'est qu'une grotesque caricature. Déformation professionnelle. Elle est comme chacune de mes pièces, elle a une intrigue, presque toujours pareille, des personnages, typés, les mêmes, et une fin, bien sûr, heureuse. Je n'apprends rien à personne. Je n'apprends rien. Je crois que depuis que j'ai dix ans je n'ai fait que traverser la vie sans plus jamais m'étonner de rien, blasé de tout.

ALCESTE. — Blasé. Alors voilà un de vos termes humains que j'ai du mal à comprendre. Cela voudrait dire par exemple, si je comprends bien, que je pourrais me lasser de courir après des canards… (*il court après des canards imaginaires.*)

JEAN. — Ah, toi et tes canards, se pourrait-il qu'un jour tu puisses te lasser de les voir s'envoler ? On dirait que tu restes pour toujours un enfant de cinq ans qui s'émerveille de tout comme si c'était la première fois.

ALCESTE. — Pourrais-je me lasser des canards ? Hum. Voilà donc enfin la véritable question : être ou ne pas être … blasé … Je ne me lasse pas : je suis un animal ; je me lasse : je suis humain. Mais qui peut avoir envie de votre écœurement quotidien ? Non, définitivement je préfère rester du côté des simples d'esprit. La vie est trop courte et on ne vit qu'une fois !

JEAN, *pensif.* — On ne meurt qu'un fois …

ALCESTE. — Oui, mais c'est pour si longtemps ! C'est vrai qu'il est comique, ce Jean, véritablement. Ses lamentations perpétuelles. Son regard optimiste sur le monde. Ah, Ah (*Ironique*) ! C'est vrai autour de nous il y a des hypocrites, des égoïstes, des menteurs, des sots même savants, surtout ignorants, mes préférés. Tu n'as de cesse de le rabâcher dans chacune de tes pièces. Et alors ? Tu as vu la différence ? Tu as du succès, tu en vis et plutôt bien même. Et ? Et le monde a-t-il changé ? Est-il meilleur ou pire ? Non. Le monde est le monde et restera le monde avec ou sans Molière. Toi, tu as juste du talent pour le dire, mais pas pour les convertir. D'ailleurs le grand Molière est-il si différent de ceux qu'il pointe du doigt ? Voir les hommes tels qu'ils sont, ne l'empêche-t-il pas de se regarder tel qu'il est ?

JEAN. — Tout le monde me prend pour un homme de bien ; mais la vérité pure est que je ne vaux rien.

ALCESTE. — Vas-y continue cet optimisme forcené, il t'emmènera de toutes les façons dans le même trou que tout le monde.

JEAN. — Ce fauteuil me gratte, il m'agace, j'ai l'impression qu'il va me gober et m'engloutir à tout jamais …

On frappe à la porte.

JEAN, *énervé*. — Qu'y a-t-il ? J'ai déjà dit que je ne voulais voir personne !

MADELEINE. — C'est Madeleine.

JEAN. — Madeleine ?

ALCESTE. — Ah, Madeleine, enfin. (*Allant à son panier, à l'opposé*)

JEAN, *le ton s'adoucissant*. — S'il te plaît, laisse-moi. Je n'ai pas envie de parler.

MADELEINE, *souriant*. — Pourtant je suis là depuis quelques instants et je t'entends parler, derrière la porte.

JEAN. — Je parlais, oui, comme on se parle à soi-même, mécaniquement.

MADELEINE. — À toi-même ?

JEAN. — Oui et sans doute un peu à Alceste.

MADELEINE. — Bien sûr, Alceste.

JEAN. — Je hais les hommes, tu le sais, toi.

MADELEINE. — Je sais que tu crois les haïr, car tu sais si peu t'aimer, mon petit frère.

JEAN. — Ah, cesse de m'appeler ainsi.

MADELEINE. — Pourquoi, depuis toutes ces années, ne sommes-nous pas devenus un peu comme frère et sœur ? Et puis ne suis-je pas ton aînée ?

JEAN. — Sans doute, sans doute. Peut-être.

MADELEINE, *souriant*. — Tu as donc si peu de tendresse pour ta belle-mère et ton ancienne maîtresse ?

JEAN, *retrouvant sa colère*. — Si, justement. Et je respecte trop les deux pour ces enfantillages.

MADELEINE. — Ah, je me souviens d'un Molière plus jeune, plus frivole qui ne s'emportait jamais ou alors seulement pour telle brunette ou telle Margot

JEAN. — Ta mémoire te trompe. J'ai toujours été comme cela.

MADELEINE. — Alors peut-être le cachais-tu mieux auparavant ?

JEAN. — Peut-être, je ne m'en souviens pas.

MADELEINE. — Moi je me souviens encore de toi, comme si c'était hier. Je me souviens de tout : de ton premier regard, tentant vainement de cacher sa timidité derrière une arrogance factice ; des premiers mots légers que ta moustache béjaune m'adressa, et piquants aussi ; de notre premier rendez-vous, riant sous les coupes de vins trop jeunes ; de notre première complicité d'esprit : jamais je n'avais goûté un génie comme le tien ; de notre premier baiser, le soir même, sous les regards indiscrets de tes singes corrompus.

JEAN. — Arrête.

MADELEINE. — Que t'arrive-t-il ?

JEAN. — Arrête, Madeleine.

ALCESTE. — Non, il n'a pas envie que tu le traites ainsi, il a encore peut-être trop d'amitié pour toi, Madeleine. Sans doute pour tes yeux, parfois pour tes mains, souvent pour tes cuisses et, qu'il le veuille ou non, pour n'importe quelle infime partie de ce corps qu'il habite en secret et qu'il adore la nuit, comme le jour, depuis si longtemps. Il me l'a dit avec ses yeux et ses silences, cela n'est pas si difficile à deviner… même pour un chien.

MADELEINE. — Si tu veux. Mais je ne vois rien ici qui puisse te vexer. Deux jeunes gens qui se sont aimés, voilà un merveilleux souvenir qui fait qu'on ne doit pas regretter la vie qui passe.

JEAN. — S'il te plaît, Madeleine. Sinon je vais être désagréable. Nous étions jeunes. C'est du passé. Je hais le passé, cet avant-goût de la mort.

MADELEINE. — Pas pour moi. Désolé de ne pas partager ton pessimisme.

JEAN, *s'énervant*. — J'ai tout oublié de nos gamineries, et je n'ai aucune envie de m'en souvenir. Ce n'est pas ce qui est important aujourd'hui.

MADELEINE. — Alors qu'y a-t-il de si important aujourd'hui ?

JEAN, *bas*. — Ah, si tu savais vraiment Madeleine.

MADELEINE. — Ouvre-moi.

JEAN. — Je ne peux pas.

MADELEINE. — Si, tu le peux.

JEAN. — Je ne veux pas.

MADELEINE. — Pourquoi ?

JEAN. — Parce que j'ai peur.

MADELEINE. — Tu as peur ? De quoi ?

JEAN. — J'ai peur qu'aujourd'hui, mon cœur se voie sur mon visage. J'ai peur parce qu'aujourd'hui, pas un de mes masques ne me va.

MADELEINE. — Alors peut-être sera-ce celui de la sincérité…

JEAN. — Et si je ne veux pas être sincère ? J'ai fait des faux-semblants ma profession. Et si je ne savais plus être sincère ?

MADELEINE. — Quoi de mieux qu'une vieille amie pour recommencer à être sincère ?

JEAN. — Peut-être que tu ne le voudrais-tu pas toi-même.

MADELEINE. — Et pourquoi ?

JEAN, *bas et accablé*. — À fuir vos yeux mon cœur se résolut.

MADELEINE. — Que dis-tu ?

JEAN, *bas*. — Mon cœur se laisse prendre et ne raisonne pas…

MADELEINE. — Tu parles trop bas.

JEAN, *bas*. — Mes yeux et mes soupirs te l'ont dit mille fois.

MADELEINE - Quoi ?

JEAN, *bas*. — Je ne suis pas un ange …

MADELEINE. — Jean ?

JEAN, *bas*. — J'aurai toujours pour vous, ô suave merveille, une dévotion à nulle autre pareille…

MADELEINE. — Molière ?

ALCESTE. — Non, Tartuffe.

VOIX OFF. — Dix minutes avant l'entrée en scène !

Madeleine reste derrière la porte assise et silencieuse. Suivant la rapidité de la représentation ... plusieurs minutes de silence, regards .... Envie d'y aller, de ne pas y aller... sur la chanson Les Filles et les Chiens *de Jacques Brel.*

Épilogue

JEAN, ALCESTE

JEAN. — Peut-être que je devrais te rendre ta liberté. Est-ce que j'ai le droit de te garder près de moi, comme ça, t'imposer mes humeurs et mes envies, te faire manger mes restes en te disant : « Hein c'est délicieux, n'est-ce pas, ce que je te donne ? » En t'empêchant de sortir quand tu le désires ? Est-ce que j'ai le droit de faire de toi un esclave, simplement parce que tu as l'air si heureux chaque soir de me revoir ? Après que toute ta journée à toi tu n'as rien fait, rien vécu ? Je profite d'un abandon traumatique dont je suis à l'origine pour que tu te raccroches à moi, moi le seul être au monde que tu connais depuis l'enfance. Moi, moi, ton bienfaiteur, moi, ton bourreau.

ALCESTE. — Tu as sans doute raison, mais à quoi ça sert de remuer tout cela ?

JEAN. — Toi, mon pauvre chien, Alceste, tu es si dénué d'orgueil et d'arrogance, tu n'as rien à prouver au monde. Tu te moques de savoir d'où tu viens, si tu es un grand chien de Russie, un braque du Bengale ou un chien turc. Tu ne vas pas nous en faire tout un plat. Raconter ton histoire pour faire pleurer dans les chaumières, pour qu'on t'aime, pour exister. Tu n'as pas besoin de te sentir exister, tu existes. Tu es dans le présent.

ALCESTE. — C'est trop tard, il fallait y penser avant. Je ne suis plus sûr maintenant de pouvoir être heureux sans toi. J'ai besoin de ta présence, de ton regard, de ton jugement. Je ne peux plus être libre sans toi.

Jean sort de la loge, reste Alceste, seul. On entend les douze coups et le rideau se baisse.